사랑하는 아들, 원영이에게

너를 기억하며

엄마가 남기는 우리의 이야기

기억 속의 시간 나의 하루

기억 속의 시간
나의 하루

글·그림 신미자

청출판

내 하루를 지키는 이름

이 시들은 잘 쓰기 위해 적은 글이 아닙니다. 아들을 먼저 떠나보낸 뒤 하루를 견디기 위해 숨을 쉬기 위해 그저 적어 내려간 마음의 흔적입니다.

어떤 날은 아무 말도 할 수 없어서 종이 앞에 앉아 아들의 이름을 몇 번이고 써 내려갔습니다. 그 이름을 쓰고 있으면 잠시나마 엄마로 살아 있을 수 있었기 때문입니다.

세상은 아무 일 없다는 듯 계절을 바꾸고 하루를 또다시 시작하지만 나의 시간은 한자리에 머물러 그 아이의 이름으로 하루를 시작합니다.

이 시들에는 크게 울부짖는 슬픔보다 말없이 견디는 시간이 더 많이 담겨있습니다.

누군가에게는 이 글들이 슬픔의 기록으로 읽히겠지만 나에게는 사랑이 영원히 멈추지 않았다는 증거이기도 합니다.

하늘이 내게 잠시 맡겨 주었던 기적 같은 선물 나의 아들 원영이. 이 시집은 아들을 향해 끝내 부치지 못한 엄마의 긴 편지입니다.

그리고 아들이 떠난 뒤에도 여전히 그 아이는 내 하루를 지키는 이름이며 내 기도의 시작입니다.

2026. 4. 5
아들의 첫 기일에
엄마 신미자

닻을 올리는 슬픔이 소망의 증거로

지구의 별에서 34년 7일이라는 찬란한 시간을 우리와 함께 호흡하다 영원의 시간으로 들어간 원영이를 생각하며 이 글을 씁니다. 아들을 가슴에 묻고, 그 지독한 상실의 골짜기를 사랑의 마음으로 견뎌 온 어머니, 신미자 님의 시집을 세상에 내놓습니다.

원영이의 첫 기일을 맞아 출간되는 이 시집은 지극한 슬픔의 증거이자 지극한 사랑의 선언입니다. 원영이가 없는 지난날들은 남겨진 이들의 시간을 멈추게 했고, 그들의 가슴속은 부정과 침묵, 그리고 시린 파도가 쉼 없이 몰아쳤습니다. 어머니는 멈춰버린 세계의 끝에 홀로 서 있었습니다. 스카프 끝에 남은 희미한 향기조차 칼날이 되어 그녀의 가슴을 파고드는 날들이었습니다.

하지만 어머니는 원영이를 추억하면서 글을 쓰고 그림을

그리면서 비로소 아들이 없는 일상의 '잔인한 고요'와 마주
하는 법을 배웠습니다. 가슴을 찌르던 선명한 통증은 이제
는 잔잔한 파도가 되었고 또 다른 소망으로 그녀를 일으켜
세웠습니다. 원영이를 보내준다는 것은 망각의 강으로 흘려
보내는 것이 아니라, 가슴에 품고 함께 걸어가는 것임을, 그
소망이 시집에 담겨 있습니다.

　쓰라린 상실의 벼랑 끝에 서 있는 모든 이들에게, 그리고
원영이를 별처럼 기억하는 당신에게, 이 시집《기억 속의 시
간 나의 하루》을 두 손으로 건넵니다. 이 시집에 담긴 따스
한 언어들은 당신의 슬픔을 부드럽게 감싸 안을 것입니다.

2026. 4
김도일
장로회신학대학교 명예교수

잊혔졌던 감사의 회복

사랑하는 원영 형제는 하나님을 진심으로 사랑했던 사람이었습니다. 또한 언제나 다른 지체들을 먼저 생각하며 살아가던 따뜻한 형제였습니다. 부모님께는 더없이 효자였고, 주변 사람들의 필요를 세심하게 살피며 늘 먼저 손을 내밀 줄 아는 사람이었습니다. 라이드가 필요한 지체가 있으면 기꺼이 시간을 내어 돕고, 타지에서 유학하며 재정적으로 어려움을 겪는 지체들을 보면 조용히 밥을 사주며 마음을 나누던 형제였습니다. 그의 작은 배려와 따뜻한 섬김은 많은 사람에게 위로와 힘이 되었습니다.

처음 원영 형제가 아프다는 소식을 들었을 때 우리 모두의 마음은 깊이 아팠습니다. 그러나 그는 오히려 "다른 사람이 아픈 것보다 내가 아픈 것이 다행이다"라고 말하며 끝까지 다른 사람을 먼저 생각했습니다. 투병 가운데서도 그를 찾아온 교회의 형제자매들에게 복음의 능력을 전하며 하나님 안에서 살아가야 한다고 권면했습니다. 몸은 약해졌지만, 그의 마음은 천국의 소망으로 가득했고, 그 소망으로 다른 이들을 위로했습니다.

원영 형제와 마지막으로 함께 드린 예배에서 그는 이렇게 고백했습니다. "나는 침례를 받았기에 지금 힘든 시간을 보내고 있지만, 천국의 소망이 있기에 두렵지 않습니다." 이 믿음의 고백은 함께 예배드렸던 뉴비전교회의 모든 사역자의 마음에 깊이 남아 있습니다.

사랑하는 원영 형제의 삶을 나누는 이 책을 통해 우리 안에 잊혀졌던 감사가 회복되고, 하나님께서 주신 예수 그리스도의 십자가의 복음이 얼마나 위대한 복음인지 많은 분이 다시 경험하게 되기를 소망합니다.

2025. 4
무익한 종, 황의현 목사

차
례

엄마의 말　　　　　　　　　　　　　8
추천의 말　　　　　　　　　　　　10
기억하며　　　　　　　　　　　　12

part

1

아
기
천
사
가
내
게
로

아기 천사가 내게로　　　　　　　22
두 아들　　　　　　　　　　　　26
함께 자라온 시간　　　　　　　　32
가장 따뜻했던 기억　　　　　　　36
아침에 받은 햇살처럼　　　　　　38
사랑 한 스푼 더하면　　　　　　　40
너를 따라 걷는 산길　　　　　　　42
네가 있는 자리　　　　　　　　　44
두려움이 없는 마음　　　　　　　48
그런 너에게　　　　　　　　　　52
기다리는 사람　　　　　　　　　54
나의 노래　　　　　　　　　　　56
살면서 말이야　　　　　　　　　58
나의 아들 나의 친구　　　　　　　62
눈빛으로 전하는 마음　　　　　　66
숲 보다 큰 너　　　　　　　　　70
넌 언제나 내 옆에　　　　　　　72

part

2

함께 걷던 길

엄마 예순, 아들 서른 넷	78
그 길에서	82
두 사람	84
그리고 싶은 마음	88
이른 새벽	90
이따금씩 말이라도	92
엄마는 그냥 괜찮다고	94
미안하고 고마운 나의 아들	96
노란 장미 한 송이	98
까만 운동화	102
안개 속 금문교	104
뉴욕의 크리스마스	106
가을비가 보내 온 편지	110
기억 속의 시간	114
한낮의 꿈	118
다시 만나는 길목에서	122
달빛속의 너	126

part

3

부르지 못한 이름

어떡하면 좋으니　132

네가 없는 빈 방　136

부르지 못한 이름　138

남겨진 자리　142

그리움을 두고 간 마음　146

불안한 그림자　148

오늘도 미안해　150

운명 앞에서　152

깨어나지 않은 꿈　156

후회는 늘 늦게 온다　158

어떤 마음으로 살아갈까　162

나는 슬퍼 하지 않는다　166

쌀밥과 미역국　168

무기력한 밤　172

혼자서 괜찮을까　174

너도 몰랐지, 나도 몰랐어　176

바람이 분다　178

part

4

너를 기억하는 동안

조금만 울어요　186

이치대로라면　188

애닳아 하지 마라　190

그렇게 너를 떠나 보낸지 100일　192

출장　194

누가 기억해 줄까　196

엄마의 기도　200

혼자 부르는 이름　204

회상　206

너와 보낸 하루　210

오늘도 괜찮다고 말한다　212

부치지 못하는 편지　214

나의 숨　218

다시 돌아온 봄　220

끝나지 않은 밤　224

마지막 예배　228

발걸음　232

하늘의 별이 된 아들　234

믿음으로 함께 한 시간　243

아기 천사가 내게로

Part 1

아기 천사가 내게로

이 세상의 밝은 빛을 따라
저 우주 먼 곳에서부터
나를 만나러 와 준
아기 천사는

그 많고 많은 사람 중에서
인연의 끈으로 이어져
기어이 내게로 온 넌

사슴 눈처럼 크고 맑은 눈에
하늘의 별빛을 가득 담아
조용히 내 품에 안겼지

꼬물꼬물 고사리손으로
처음 내 손을 꼭 잡던 순간
넌 나에게

세상 가장 큰 행복을 선물했지

이 세상과 우주의 모든 만물보다
더 크고 놀라운 기쁨으로
넌 내게 와 주었지

내 인생에서 다시는 느낄 수 없을
축복의 선물로
너를 꼭 안는 그 순간
나는 감동과 환희로 차올랐지

그리고 나는 알았지
너는 하늘이 내게 준 기적의 선물이라는 걸

나는 알았지
너는 하늘이 내게 준 기적의
선물이라는 걸

두 아들

나에게는
사랑스러운 두 아들이 있다
깊고 맑은 호수처럼
영롱한 눈망울을 가진
봄 햇살처럼 따스한 마음을 지닌
큰아들

풍부한 감성으로 마음을 나누고
해맑은 웃음으로
나의 하루를 환히 밝혀주는
둘째 아들

어릴 적 동화책을 읽어주면
언제나 반짝이는 눈으로
귀를 쫑긋 세우며 듣던 너희들

한여름 나른한 오후
양팔 벌려 너희를 하나씩 안고 누우면
세상을 다 가진 듯 행복했지

서로 자기 먼저 봐 달라며
내 얼굴을 이리저리 돌리던
그 장난기 어린 투정마저
웃음이 나도록 사랑스러웠다

인생이란 게
대단한 줄만 알았는데
살아보니
너희 웃음처럼 소소한 순간들이
가장 빛나는 행복이더라

서로 다른 성격 다른 취미를 가진 너희들

큰아들은 스포츠 보는 걸 좋아하고
작은아들은 직접 뛰며 땀 흘리는 걸 즐겼지

시간이 흐르면서
마음도 키도 쑥쑥 자라
이제는 부모의 마음까지도 헤아릴 줄 아는
든든한 아들들이 되어주었구나

그동안은
내가 너희를 품에 안고 길렀는데
이제는 내가 너희 등에
조용히 기대어도 될 만큼
잘 자라주어
흐뭇한 미소가 절로 난다

세상에 아무리 좋은 것들이 많아도

내겐 너희만 있으면 충분하니까

너희는 서로에게 형이자 아우이고
우리에게는 그 무엇보다 소중한 아들들이었지

우리는 그렇게
웃음으로 하루를 채우며
참 행복한 가족이었다

그러나 어느 날
우리에게 갑작스레 들이닥친 현실은
말할 수 없이 큰 슬픔이었고
그 슬픔을 감당하기엔
우린 아직 마음의 준비가 되지 못했다

서로의 눈물 속에서

대신 아파해줄 수 없는 마음을
그저 조용히 껴안고
담담히 견디며 살아가는 우리

그래도 우리는
서로의 상처를 보듬고 달래주며
그리운 얼굴을 잊기보다는
한장 한장
추억이라는 이름으로
마음에 남겨 가자

기억은 사라지지 않고
그리움도 사랑도
우리 안에 영원히 살아 있을 테니까
네가 없는 빈자리는
더 깊고 더 크게 다가온다

함께 자라온 시간

열 달 동안
나의 몸 한 부분으로
따뜻하게 품었던 아기

우렁찬 울음소리와 함께
나는 너를 처음 만났다

숨 가쁘게 울어도
그땐 이유를 몰라 헤매던
서툰 엄마였는데

아무도 알아듣지 못하는 말로
옹알이를 시작하고

작은 몸을 뒤집고
배밀이를 하며

세상을 향해 나아가고
그렇게 첫 돌을 맞이했을 때
아주 작은 손으로
촛불을 향해 손뼉을 치며 좋아하던 모습과
온 가족의 행복한 웃음소리가
집 안 가득 퍼졌지

어느 날 갑자기 일어서
기우뚱거리며
한 발짝 내딛다
쿵 하고 넘어져 울고 있을 때

나는 달려가
너를 꼭 안아 올리며
눈물을 닦아 주고

작은 걸음이었지만
세상을 향한 큰 첫걸음에
용기를 내어 준
네게 고마웠다

잇몸 사이로
까끌까끌 하얀 치아가
살며시 고개를 내밀었을 때

엄마와 아빠는 서로 바라보며
기적처럼 다가온
그 작은 변화를
함께 기뻐하였다

이유식을 먹다가
어느 날은 혼자 숟가락을 들어
밥을 먹기 시작할 때

숟가락의 서툰 손짓을 보며
스스로 자라가고 있음을
느꼈다

그날의 기억은
아직도 내 가슴을
따뜻하게 비춘다

시금 돌아보면
엄마가 아기를 키운 것이 아니라
서툰 엄마가 너와 함께

조금씩
아주 조금씩
걸음마 하면서 넘어지고 일어서며
함께 자라온 시간임을
비로소 깨닫는다

가장 따뜻했던 기억

아침에 눈을 뜨고 나니
머리가 지끈거리고
몸이 아픈지 마음이 아픈지
나도 모르게
한숨이 새어 나왔어

창밖은 맑기만 한데
내 안엔 뿌연 안개가 자욱해
무얼 시작해야 할지
어디로 가야 할지 망설이게 돼

괜찮다고
이젠 좀 나아졌다고
몇 번이고 스스로 달래봤지만

자꾸만

너 없는 오늘이 낯설고
익숙했던 일상들이
이제는 나를 슬프게 해

그리움은
가만히 앉아 있어도 내게 다가오고
슬픔은
말이 없어도 나를 찾아와

생각해 보면
가장 따뜻했던 기억은
늘 지나서야 알게 돼

아침에 받은 햇살처럼

나의 아침은
환하게 웃는 너의 사진을 바라보며
얼굴을 살며시 쓰다듬고
인사를 건네는 것으로 시작된다

창문 틈새로 스며든 햇살이
네 미소에 젖어 아련히 빛나고
그 빛 속에서
오늘 네가 전해오는 마음을 읽는다

말은 없지만
사랑이 머문 눈빛으로
네 마음을
표정만 보아도 알 수 있다

그 힘이 나를 일으켜
오늘도 하루를 시작하게 한다

그리움도 서글픔도 나의 몫
너를 만나기 위해
얼마나 많은 날을 견뎌내야 하는지

아무 일도 없었더라면
우린 참 행복했겠지

그렇게 너를 마음에 품고 살아가다 보면
그리움도 힘이 된다는 걸
알게 되는 날이 올 거라 믿는다

저녁이 되어
노을이 창가를 물들이면
나는 또 너를 떠올린다
아침에 받은 따뜻한 햇살로
하루 종일 너를 안고 있었음을

사랑 한 스푼 더 하면

얼굴 가득
햇살이 비치는 아침
초록의 잎들도 하나둘
살며시 고개를 내민다

사랑 한 스푼 더 하면
노랗고 빨갛게
꽃잎을 피워낸다

이슬 머금은
초록의 향기가 피어나면
그냥 가만히 있어도
마음이 먼저 웃는다

너를 따라 걷는 산길

싱그러운 풀 냄새와
젖은 나무 냄새를 맡는다
한 발 한 발 내디딜 때마다
지친 마음에도 초록빛이 스며든다

길을 걷다 마주친 사람들과
눈인사를 나누며
울퉁불퉁 좁은 산길을 오늘도 오른다

말라버린 계곡 아래
물소리 대신 고요가 흐르고
알록달록 물든 낙엽이
바람에 실려 떠나듯
빛이 바래며
한 계절의 마지막 인사를 건넨다

산등성이를 오르다 보니
송골송골 맺힌 땀방울이
이마를 타고 흐른다
오늘
어디서 이렇게 힘이 났을까

한 발짝 아니 열 발짝
앞서 걷는 너의 뒷모습을 보며
나도 따라 걷는나

네가 거기 서 있으므로
나는 길을 잃지 않는다
바람도 조용히 곁으로 와
살며시 응원의 숨결을 보탠다

네가 있는 자리

마음이 힘들 때나
보고 싶고 생각날 때마다
나는 너를 만나러 간다

너는 늘 그곳에서
말없이 나를 기다리고 있지만
가는 길의 발걸음은
그리 가볍지만은 않다

늘 보고 싶지만
쉽게 다가설 수 없는 마음을
누가 다 헤아릴 수 있을까

네가 있는 그 자리에서
가만히 앉아 너를 그려본다
시간이 지나면

너의 모습이 바래질까 잊힐까
두려워서

너의 목소리를
녹음기 틀 듯 되새기며
닳고 닳을 때까지
기억하고 싶어서

너에게 늘려주고 싶은 이야기들이
참 많은데
말 한마디 못 한 채 돌아설 때마다
마음 한켠이 허전해진다

내 기억 속 그 모습 그대로
너는 여전히 무덤덤하게
아무 말 없이

나를 지켜보고 있겠지

"엄마!"
하고 불러주던
그 목소리가

오늘따라
참 많이 듣고 싶어진다

아들을 떠올리면
여전히 다정하게 불러주던
"엄마"라는 목소리가 마음속 깊이
살아 들리는 듯합니다.

두려움이 없는 마음

내가 웃고 있을 때면
이래도 되나 싶어
슬픈 기억이 떠올라서

내가 쉬고 있을 때면
이래도 되나 싶어
늘 초조하고 불안한 마음이 생겨서

밥을 먹어도
모래를 씹는 듯 메마르고
잠 못 드는 밤마다
뜬눈으로 새벽을 맞이해

굳게 닫힌 대문 안에서
누군가 흐느끼는 목소리가
들리는 것만 같아서

내가 너를 만나고 싶어도
네가 나를 보고 싶어도
우린 만날 수 없는
두 갈래 길 끝에 서서
서로를 기다리나 보다

너의 이름을
힘껏 불러도 또 불러보아도
텅 빈 공간 속으로 사라져가고

한 손 뻗어
허공을 더듬으면
너의 손끝이라도
닿을 줄 알았는데

삶과 죽음 앞에서

내가 할 수 있는 건
아무것도 없더라

그래도 이제
조금씩 깨달은 한 가지가 있어
너 있는 곳을 알기에
두려움이 없는 마음이야

그런 너에게

자꾸만 화가 난다
그 누구에게인지도 모른 채

자꾸만 원망스럽다
아무에게나 쏟아지는 마음

자꾸만 속상해진다
가라앉지 않는 나의 마음에

내 안에 있는 너에게
너 안에 있는 나에게
한 번쯤은
서로 위로가 되었으면 좋겠다

원망과 한숨 섞인 시간을
버텨내느라
애쓰고 지친 마음에게

불을 켜도
보이지 않는 그리움이
감춰진 눈물 속에서
조용히 녹아내린다

기억 한 조각을 찾아내느라
고달픈 삶의 무게를 지고
컴컴한 골목을 헤매는 나는
그럼에도 마음 한켠에
너에게 전하고 싶은 말이 남아 있다

그리고
그런 너에게
다시 빛날 너를
내가 기다리고 있다고
조용히 속삭인다

기다리는 사람

하루하루 그렇게 시간이 흐르면

조금씩 나아질 거라 생각했어

헝클어진 머리를 다시 빗으며

거울 속에 비친 나를 바라보았어

세월의 흔적이 묻어나는

깊게 파인 주름 하나하나

상처투성이처럼 보여 마음이 아팠어

생각해 보면

꽃처럼 순수했던 시절도 있었고

소망을 가득 안고

행복했던 날들을 보내기도 했지

더 나은 내일을 꿈꾸며

마음을 조용히 다잡고

사랑하는 사람을 생각하며
감사와 축복을 전하던 시간들

그런데
어느 날부터인가 길을 잃은 새처럼
내 삶은 한자리에 멈춰 섰고
덤불처럼 메마른 마음만 남았어

고요한 정적만 흐르는 이 시간
캄캄한 바다 위를 바라보며
기다리는 그 한 사람을
하늘나라 저 멀리
별들은 알고 있을까

나의 노래

뭉게뭉게 피어오르는 구름 사이로
짧은 햇살 한 모금을 마신다
나란히 어깨를 맞대고 전깃줄에 앉은 새들은
지저귀며 노래를 부른다

사람들이 잠시 쉬어가는 길목에
말없이 서 있는 나무 장승 하나
오늘도 아무 말 없이 귀를 기울인다

나의 노래도
바다를 건너고 산을 넘어
구름에 실려 너에게 닿으면 좋으련만

햇살은 다시 구름 뒤로 숨고
새들은 노래만 남긴 채
어느새 저 멀리 떠나가 버렸다

나는 그 자리에서
남겨진 노래와 함께 잠시 머문다

살면서 말이야

살면서 말이야
길이 막혀
불안한 마음으로 도로에 서 있을 때

추운 겨울 거리에서
오지 않는 택시를
무작정 기다릴 때가 있어

그 마음
얼마나 초조한지 몰라

그러다
길이 뻥 뚫리고
차들이 쏜살같이 달리기 시작하면

마음속 깊이 가라앉아 있던 두려움이

서서히 사그라들지

그러고 보면 말이야
사람 마음이란 게 참 간사해

손바닥 뒤집듯
이랬다저랬다 하고
울다가 웃다가
어제는 좀 괜찮아진 것 같나가

오늘은 또
보이지 않는 외로움과 두려움에
혼자 물 위에 떠 있는 조각배처럼
어디로 가야 할지 몰라

가만히 있어도

조급함이 몰려오지
살면서 말이야
가장 두려운 건
예상 못 한 기다림이더라

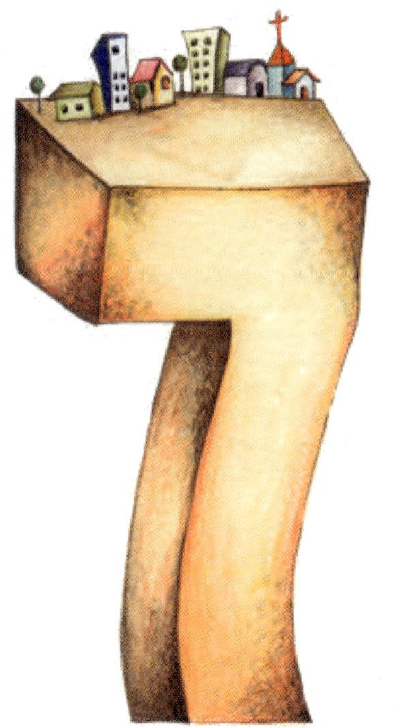

나의 아들 나의 친구

어릴 적부터 너는
참 착하고 온순하고
심성이 고운 아이였단다

작은 고사리손으로
엄마 손을 꼭 잡고 깡충깡충 뛰던 너
사진을 찍을 때마다
엄마가 원하는 대로
포즈를 기꺼이 취해주었지

맛있는 걸 먹을 때면
늘 엄마 입에 먼저 쏙
넣어 주던 다정한 아들이었어

엄마가 아프다고 하면
죽는 거야 하며

울면서 나를 흔들어 깨우던
감성이 깊은 아들이었지

엄마는 바랐단다
그저 평범하게 남들처럼
예쁜 아가씨와 밀고 당기며 연애도 하고
결혼도 하고
너를 닮은 아이들과 알콩달콩 살아가며
가끔 우리 만나서
사는 이야기 나누는 그런 시간을

함께할 수 있을 줄 알았어
그런 평범하고 소소한 시간을
너와 함께 보낼 수 있을 거라고 믿었어

넌 언제나

엄마에게 든든하고 사랑이 많은
참 멋진 아들이었단다

시간이 흘러
엄마가 나이 들어가면
이제는 내가 너에게 의지하며
살 줄 알았는데

지금도
너는 아픈 몸을 힘겹게 이겨내며
묵묵히 잘 참고 견디고 있어
그런 너를 보면
엄마는 가슴이 먹먹하면서도
참 대견하고 고마워

사랑하는 아가야

잊지 말아줘
너는 엄마 인생에서
가장 소중한 친구였다는 걸

눈빛으로 전하는 마음

아들 얼굴을 보고 있으면
그 눈빛이 나를 따라온다
어디를 가는지
무얼 하는지
걱정 가득한 표정으로

그러다 보면
촉촉해진 두 눈으로
나를 가만히 바라본다

오늘 무슨 일 있었나요
내가 보고 싶어 가슴이 아픈가요
슬픈 마음으로 울음을 참으며 보냈나요
어제보다 조금은 괜찮은가요

혼자 마음에 담지 말고

이젠 내게 말해주면
조금은 후련하지 않을까요

아니에요
엄마
말하지 않아도 난 다 알아요

나를 얼마나 보고 싶어 하는지
매일 그리워하며
가슴 저리게 아파하는지
걱정과 근심으로
내가 없는 빈자리를
허전한 마음으로 바라보는 것도

지금 내가
행복한지 묻고 싶은 그 말까지도
나는 다 느껴져요

엄마가 나를
얼마나 깊이 사랑하는지
그 사랑
그 마음은
이미 다 알고 있어요

그러니까
혼자 울지 말고
가끔은 웃어줘요
엄마가 웃으면
나도 참 좋아요

숲보다 더 큰 너

가만가만히 생각해 보면
너는 내게
숲속에서 가장 큰 나무였구나

겨울의 매서운 찬 바람 앞에서도
따뜻한 햇살을 불러와 내 곁을 덮어주고
여름의 숨 막히는 더위 속에서는
시원한 그늘로 나를 품어주던
든든한 나의 나무

가만가만히 생각할수록
너라는 아이는 내게
끝없이 넓은 마음의 바다였구나

사랑이 파도처럼 밀려와
내 아픈 마음을 쓰다듬고

다정함이 고요한 물결처럼 흘러와
내 외로움을 감싸주고
너는 그렇게 늘 나를 위로했지

돌아보니
너는 내게 너무나 과분한 아들이었음을
이제야 비로소 알았다

너는
내 숲이자
바다였다는 걸

넌 언제나 내 옆에

네가 옆에 있을 땐
마음이 늘 따뜻했어
포근한 솜이불처럼
나를 감싸 주었으니까

무얼 하든 어디를 가든
늘 곁을 지켜주던 너
함께 웃고 함께 이야기하며
평범한 날들을 채워 갔으니까

네가 옆에 있을 땐
언제나 든든했어
힘든 일이 와도
손을 잡아 주던
너였으니까

그래서일까
네가 없는 빈자리는
더 깊고 더 크게 다가온다

맨바닥에 부딪치듯
바뀌어 버린 하루하루 속에서
다시 살아가는 법을
배워야 하기에

나이가 들어 갈수록
스스로를 믿지 못할 때도 많지만
그럴수록 더욱
네가 그리워진다
그래서 지금
너의 소중함이
가슴 깊이 다가온다

함께 걷던 길

Part 2

엄마 예순, 아들 서른넷

먼 시간의 굽이굽이 끝에서
예순 해 전 나는 이 세상에 왔고
조금 뒤 또 다른 나의 빛
너라는 선물을 품었지

그 후로
너의 웃음은 내 날들의 햇살이었고
너의 존재는
내가 견딘 모든 계절의 바람막이였단다

삶이란 기쁨과 슬픔이
번갈아 스며드는 길이라지만
나는 그 길을 걸어오며
계절이 바뀌듯 찾아오는
수많은 변화를 견디며 살아왔지

청춘의 숨결은 어느새 멀어지고
검은 머리는 은빛으로 물들며
얼굴엔 세월이 새긴 주름이
조용히 내려앉았지
그 또한 살아온 날들의
작은 훈장이라고 할까

그렇게
엄마는 예순의 문 앞에 서게 되었던다

특별할 것 없는 오늘이지만
이런 날일수록
나는 네가 그립고
더 많이 생각나는 날이구나

앞으로 한 해 또 한 해

얼마나 많은 눈물을
조용히 삼켜야 할지 알 수 없지만
사랑하는 이를 잃은 사람에게
누군가 그러더라
삶에는 강과 약이 있어야
비로소 살아진다고

예전에는
시간이 흘러 나이 드는 일이
참 서글펐는데
이제는 마음 한편이
조금은 부드러워지는구나
나이 들어가는 일이
너에게 더 가까이 가는 길 같아서

엄마는 조금만 더 이곳에서

여행하다 갈게
너는 영원한 서른네 살의 빛으로
먼 자리에서
조용히
나를 기다려 주렴

그 길에서

오늘은 산길을 걸었어
굽이굽이 높고 낮은 산등성이를 지나
걷다 보면
가만히 숨 고를 수 있는 오솔길도 만나지

커다란 거목 사이로
은은하게 스며드는 햇살 아래
파릇파릇한 잎새들이
살짝 고개를 들며
바람에 속삭이듯 흔들렸어

저 멀리 보이는 한 사람의 그림자
언제나 앞장서서 길을 내어주던 너였지
가끔 뒤돌아
나를 챙겨주던 너의 눈길

한 발자국 걸을 때마다

너의 체취가 느껴지고
두 발자국 걸을 때마다
너의 흔적이 묻어나

어제도 함께 걷던
그 길 한가운데
오늘은 나 혼자
너를 그리워하며 서 있었어

두 사람

고요한 바람이 간간이 스치는
한적한 일요일 오후
두 사람이 서서 바라보는 곳
그곳에 네가 있다

눈앞에 너를 보고 있으면
언제나 가슴이 먹먹해진다
푸른 들판에 선 노란 바람개비는
반갑다고 보고 싶었다고
인사하듯 쉴 새 없이 돌고 또 돈다

키 큰 소나무 사이에 앉은 까마귀들은
익숙해진 풍경에
서로를 위로하듯
나란히 몸을 기댄 채
조용히 내려다 본다

나지막한 목소리로
외롭게 잠든 너에게 말을 건넨다
'아들 잘 지냈니
많이 쓸쓸했지'

너를 홀로 남겨둔 이곳에서
우리는 추억을 꺼내어 되새기듯
서로의 안부를 나눈다

눈을 감으면
솜털 같은 기억들이
조각처럼 새록새록 피어난다

먼 훗날
시간이 흐르면
혹시 너를 잊을까 두려워

마음이 더 슬퍼진다

오늘도 허전한 마음을 뒤로 하고
눈물을 삼키며 발걸음을 뗀다
'걱정 마,
내일은 기쁜 마음으로 다시 올게'

그리고 싶은 마음

하얀 도화지 위에
그리고 싶은 그림은

커다랗고 푸르른 산들
알록달록 예쁜 지붕의 집들
초록 잔디 위에 하얀 울타리를 그리고

감나무 배나무 살구나무
그리고 그 곁에 피어나는 꽃들도
살며시 그려본다

잔디 위를 폴짝폴짝 뛰어노는
하얀 강아지 한 마리
텃밭 한켠엔
보랏빛 가지와 빨간 방울토마토
연둣빛 고추 싱그러운 상추도 그려본다

평상에 둘러앉아
꽃처럼 피어나는 웃음소리
그 속에서 반짝이는
행복한 얼굴들도 담아본다

바람에 실려 오는
은은하고 포근하고 향기
그 냄새마저도
내 마음 가는 대로 그려본다

색색의 물감이 번지듯
저마다 다른 옷을 입은 마음들이
그렇게 아직 다 채워지지 않은
공허한 마음 위에
조용히 그려지고 있다

이른 새벽

차가운 공기가 창문 틈새로 스며들고
깊은 어둠이 방으로 내려앉는다

이른 새벽
불면 끝에 겨우 잠들었는데도
나는 습관처럼
눈을 떠 시간을 확인한다

모두가 잠든 시간
너는 통증과 싸우며 깨어 있었고
나는 네 곁에서
아픈 마음으로 밤을 지켰지

찬송가가 은은히 흐르는 새벽
숨소리만이 작은 공간을 채웠다

"잠 못 자게 해서 미안해"
너는 그렇게 말했지만
그 시절의 불면은 내게 복이었다
잠을 설치더라도
너의 눈빛과 목소리를 조금 더 오래
품을 수 있었으니까

이제는
미안해하지 않아도 돼
하루를 바쁘게 살지 않아도 되니까

그럼에도 나는
잠을 잃어서라도
예전처럼
너를 가까이서 보고 싶구나

이따금씩 말이라도

네가 어디에서 왔는지
지금은 어디에 있는지
희미한 발자국을 따라
나는 조용히 걸어본다

조심스레 한 발짝씩 내딛는 길 위에서
체취가 묻은 손길을 느끼고
아직 남아 있는 따뜻한 공기를 안으며
눈을 감고 향기를 그리워한다

그제도 어제도 곁에 있었는데
오늘은 뿌연 안개처럼
갑자기 사라져버린 너

어디에 가면
너의 모습을 다시 만날 수 있을까
수많은 기억이 남긴 흔적

어디쯤 가야 찾을 수 있을까

보고 싶어도 만질 수 없는 너의 얼굴
듣고 싶어도 들을 수 없는 너의 목소리

꿈에라도
한 번쯤 만나러 와 주지 않을래

아니 멀리 있어도 괜찮아
그저 이따금씩
어디선가
잘 지내고 있다고
이젠 아프지 않아서
많이 웃을 수 있다고

그 말 한마디라도
전해줄 수는 없겠니

엄마는 그냥 괜찮다고

매일
안부를 너에게 묻는다
오늘도 잘 지내고 있니
그곳에서는… 행복하니

오늘
너에게 말을 건넨다
속상한 일이 있었는데
혹시 듣고 있니

언제나 내 애기를
말없이 들어주던 너였기에
주저리주저리 말을 해본다
그곳에서도 듣고 있지

그냥
너는 웃으며 말할 것만 같다

'엄마, 나 그 마음 다 알아
그러니까 너무 아파하지 마'

'엄마 말이 맞아
그러니까 엄마가 이해해 줘
나는… 언제나 엄마 편이야'

그러니까
엄마는 그냥 괜찮아

미안하고 고마운 나의 아들

아침햇살에 눈을 뜨고
캄캄한 밤하늘 별빛을 보며
잠들기까지
늘 너에게 미안할 뿐이야

이렇게 해 줄걸
저렇게 해 줄걸 하며
자꾸만 못 해준 일들이 떠오르고
그럴수록 네 모습이 눈앞에 아른거려
밤마다 뒤척이곤 한다

오랜 시간이 흘러도
어떻게 너를 잊을 수 있겠니
눈 코 입 얼굴 생김새 하나하나
모두 또렷이 기억나고

네 손을 잡던

그 따듯한 온기가
아직도 내 손에 남아 있는데
어떻게 너를 잊을 수 있겠니

미안해
지켜주지 못해서 정말 미안해

그리고 고마워
너의 존재만으로도
엄마는 얼마나 많은 사랑을 배웠는지 몰라

짧았지만
너와 함께 한 날들은
내 삶에서 가장 행복했어

미안하고 고마운 내 아들
나의 아들로 와 주어서
정말 고마워

노란 장미 한송이

뒤뜰 담장 아래
곱게 핀 노란 장미꽃과
키 작은 과일나무들에
그저 물만 주었을 뿐인데

어느새 배나무 레몬나무 감나무엔
주렁주렁 열매가 맺혔다

올해는
나무마다 얼마나 많은 열매가 달렸을까

하나 둘
숫자를 세어가며
익지도 않은 열매를 바라보고
수확의 기쁨에
함께 웃고

행복했던 그 시간을 떠 올린다
네가 떠난 뒤에도
초록빛 포도나무 송이들은
벌써 알록달록
보랏빛으로 물들어 간다

가끔씩 찾아오는 우리 집 손님들
다람쥐와 새들의 노랫소리를 들으며
오늘도 너를 기억한 채
조용히 추억에 잠긴다

아무 말 없이도
나무들은 열매를 맺고
계절은 또 한번
조용히 익어가고 있다

세상 가장 밝고

빛나는 곳에 있을 너를 생각하며

노란 장미 한 송이를

꽃병에 담아

너의 사진 앞에 가만히 놓는다

까만 운동화

현관 한쪽
신발장에 고이 놓인
너의 발자국 그대로 남은 까만 운동화

생일날 동생에게 선물 받아
환하게 웃던 너의 모습이
아직도 눈앞에 선하다

너 없는 집 안에서
텅 빈 발자국 소리만 맴돌고
여전히 내 귀엔
네 발걸음이 들린다

비 오는 날에도
밤늦게 돌아올 때도
늘 네 발을 지켜주던 고마운 녀석

이제는 주인 없는 몸으로
조용히 나를 지켜본다

차마 버리지 못한 그 운동화
그 안에는
너의 하루 너의 웃음
그리고 나의 눈물이 고여 있다

안개 속 금문교

뿌연 안개가 내려앉은 아침
네가 앉아 있던
자동차 조수석의 빈자리가
유난히 크게 다가온다

한참을 달려
너와 함께 찾았던 그곳
금문교를 만나러
샌프란시스코에 왔다

아직도
너와 다니던 그 길 앞에 서면
심장도
발걸음도
저절로 멈춰 선다

물결 춤추는 바다 위를
떼 지어 날아가는 갈매기도
세월을 견뎌온
붉은 다리도
언제나 그 자리에 그대로인데

쓸쓸한 바람이 안개를 흩뿌리고
구름에 갇혀 있던 금문교는
오랜 기다림 끝에 얼굴을 내밀어
돌아서려는 발걸음을 붙잡는다

내 눈에 담기는 모든 풍경이
네 시선으로
다시 느껴지기를

뉴욕의 크리스마스

겨울의 바람이
유난히 길게 머무는 날
뉴욕은
아무 일 없다는 듯 불이 켜지고
사람들은 그 빛을 따라 길을 걷는다

거리마다 겹겹이 쌓인 빛들 사이로
사람들은 각자의 목적지를 향해
익숙한 걸음으로 지나가고
나는 그 흐름의 가장자리에
잠시 서 있다

창마다 번지는 불빛이
유리처럼 차갑게 반짝이고
도시는 오늘도
낯선 얼굴들을 말없이 맞이한다

각자의 사연을 품은 채
사람들은 빛과 그림자를 지나
어디에도 오래 머물지 못한 마음으로
저마다의 밤을 향해 걷는다

작년 이맘때
우린 같은 시간 안에 있었고
같은 공기를 나누며
겨울을 견디고 있었지
그 사실이
오늘은 유난히 멀게 느껴진다

사람들 사이를 지나며
무심코 발걸음이 늦추어지는 것은
혹시 모를 착각 하나 때문일 테지
이 많은 사람 중 어딘가에

네가 있을 것만 같아서

잠시 생각에 잠겨
너를 떠올리는 일이
혹여 짐이 되지는 않을지
감정을 나누다 보면
시간은 또 한참 흘러 있다

뉴욕의 바람은 차갑지만
그보다 더 오래 따뜻하게
남아 있는 것은
너와 나의 추억들이지
나는 그것들을
천천히 마음속에 접어 둔다

그래도

잘 지내고 있을 거라는 생각이
잠시 머무는 순간
길게 내쉰 숨 속에서
내 마음은 조금 느슨해진다

눈부신 장식들 아래서
뉴욕의 하루는 아랑곳없이
여전히 바쁘게 지나가고
나는 네가 머물렀던
이 도시의 빛과 소음 한 조각
그리고
네가 좋아하던 따뜻한 커피 한 잔을
너에게 보낸다

가을비가 보내온 편지

가을비가 소리 없이 내리는 어느 날 오후
붉게 물든 단풍잎 하나가
슬그머니 내 앞에 도착한다

마치 먼 길 돌아
나에게 부쳐진 오래된 편지처럼
바람의 손끝에 이끌려
살며시 무릎 위에 닿는다

나는 그것을 조심스레 펼쳐 들고
언제나 가슴에 품고 있던 그리움을
천천히 읽어 내려간다

거기엔 아무 말도 없는데도
잘 지내고 있으니 걱정 말라는
누군가의 안부가 적혀 있고
따뜻한 마음의 메시지를

건네는 듯하다

가을비는 계속해서
편지를 더 보낸다
노랑 주황 붉은 색으로 물든
수많은 마음의 편지를

나는 오늘도 그 편지들을
하나씩 받아 읽으며
조용히 계절이 전하는
목소리를 듣는다

그리고 알게 된다
떨어지는 잎마다
나에게 전해지는
향기 나는 사랑의 편지를
누가 보내오는지

기억 속의 시간

지나온 길을 돌아보니
그 시간은
그리 오래 걸리지 않았다

행복했던 웃음 속엔 눈물이 스며 있었고
슬픈 눈물 속에도 가끔은
너의 웃음이 비치곤 했다

내 눈앞에 보였던 너의 모습은
한참이 흘렀어도
어제와 오늘처럼
선명히 다가온다

그냥 밥을 먹을 때도
잠이 드는 순간에도
너의 해맑은 웃음과 목소리가

내 곁을 맴돈다

바람 쐬러 가자
맛있는 거 먹으러 가자
다 사줄게
손을 잡아 앞장서던 너였는데

가끔은 투정도 부리고
화도 냈더라면
내 마음이 조금은 덜 아프고
허전함도 줄어들었을까
넌 언제나 괜찮다고만 했지
엄마만 좋으면 다 좋다고

내가 주는 사랑보다
더 큰 사랑을 품어 주던 너

나는 그저
네가 건네는 배려를 받기만 했구나

하지만 나는 아무것도 필요하지 않아
네가 내 곁에 있어 주기만 한다면
그것만으로
충분히 행복하니까

한낮의 꿈

오랜만에 너를 마주한 날
어쩌다 낮잠에 스르르 잠겨 든 오후
그곳에서 너를 만났다

너를 떠나보낸 뒤 시작된 하루하루가
쌓이고 쌓여
어느새 계절을 건너와 있었다
조금씩 슬픔이 희미해지기를
조금씩 눈물이 사그라질 날을
기다려온 끝에
그렇게 그렇게 찾아온
너와의 한낮의 꿈

너는 평소처럼 수줍은 듯했지만
조금은 더 밝은 모습으로
어디에도 아픔의 그림자가 비치지 않고

평온한 얼굴을 마주하니
그제야 안심이 되었다

나는 너의 손을 꼭 잡으며 물었다
잘 지내고 있니
끄덕끄덕
거기 좋아
끄덕끄덕

우린 그렇게
아쉬운 짧은 대화를 나누었다
꼭 잡은 두 손을 놓고 싶지 않았는데
홀연히 안개처럼
사라져 버린 너의 모습
어디로 가면 다시 만날 수 있을까
꿈에서도

너와 나는
엄마와 아들로 변한 것이 없었는데
눈을 뜨니
내 눈가엔 눈물이 고여 있었다

잠깐 아주 잠깐이었지만
너무나 행복해서
눈물이 났다

그리고 나는 알았다
그 짧은 꿈조차
내게 건네준 선물임을

다시 만나는 길목에서

오랜만에 시원한 바람을 마시며
너와 함께 걷던 그 산책길을 걸어본다
공원에 새로 심은 나무는 어느새 푸르러지고
길가엔 작은 들꽃들이
네가 남기고 간 기억처럼 살며시 피어났다

걷다 보니
우리가 잠시 쉬어가던 그 벤치
나무 그늘 아래
언제나처럼 그 자리에 있었고
잔디밭에서 뛰어노는 아이들 웃음소리는
네가 웃던 소리처럼 가슴에 스며든다

시간은 흘러가도
자연은 계절 따라 새 옷을 갈아입고
자기 자리를 찾고 있는데

우리의 시간은
그대로
멈추어 서 있다

네잎클로버를 함께 찾던 그 길에서
지금은 닿을 수 없는 너의 따뜻한 손을
마음에 그려본다
그 손을 다시 잡을 수만 있다면
말없이 걷던 그 날처럼
천천히 너와 다시 걷고 싶다.

목련이 피는 봄이 가고
뜨거운 여름도 지나고
코스모스 흔들리는 가을이 오면
널 만날 수 있을까

오늘도 나는
숨을 길게 내쉬며
너의 이름을 조용히 불러본다

달빛 속 너

아직 해가 뜨지 않은 새벽
차가운 공기를 가르며
어둑한 길을 나선다

새벽 기도 가는 길
저 멀리서 다가오듯
큰 둥근 달이 얼굴을 내밀어
내 발걸음을 밝혀준다

너의 세심한 배려일까
오늘은 유난히 크고 밝은 달을
내게 보내주었구나

달빛에 너의 얼굴이 겹쳐 비친다
그렇게 해야
네가 안심이 되는 거지

내 걸음을 걱정하며 보내준 마음
언제나 곁에서 지켜주어 고마워

오늘도 달빛 속에서
너를 만난 하루였다

부르지 못한 이름

Part 3

어떻게 하면 좋으니

내가 너에게
어떻게 하면 좋으니
내가 너에게
무엇을 해줄까

지그시 눈을 감고
마음을 깊이 들여다보아도
어떤 생각도
또렷이 떠오르지 않아

내가 너에게
어떻게 하면 좋으니
내가 너에게
무엇을 해줄까

매일 두 손을 모아

간절히 기도해 보아도
내 귀엔
아무런 대답도 들리지 않아

가슴이 답답하고
너의 아픔이 그대로 내 마음을 흔드는 듯해
기도해도
막막한 마음뿐이다

잔잔하고 따뜻한 마음의 바다에
갑작스레 밀려온 거센 파도가
너의 몸과 마음을
할퀴고 지나가지 않도록

그러나
너의 아픔 앞에서도

아무것도 해줄 수 없는 내가

너를 바라보며

그저

두 손 모아 기도할 뿐

네가 없는 빈방

세상 살며 힘들고 지칠 때
나는 어디로 가면 좋을까
고단한 하루 끝에
작은 몸 하나 기대어 쉴 곳은
어디에 있을까

매일 말을 나누고
같이 밥을 먹고 웃고
가끔은 눈물 흘렸던
그 모든 시간은
지금 어디쯤 흘러가고 있을까

네가 없는 빈방을 열어본다
창가의 화초들은
여전히 너를 기다리며
햇빛을 마시고 푸르게 자라고 있는데

따뜻함이 아직 남아 있는
이불과 베개
자주 켜던 TV와 컴퓨터
탁자 위엔
너의 사진과 일기장이 조용히 놓여 있다

나는 매일
창문을 열고 바람을 들이며
네가 앉았던 그 자리에
가만히 앉아본다

그리고 나는 말해본다
그립고 보고 싶을 때면
언제든 이 방으로 와서 쉬어
나는 언제나 여기서 널 기다릴게

부르지 못한 이름

창밖에 바람이 세차게 부는 밤
누군가 두드리는 소리가 난다
비바람에 흔들리는 나뭇가지 사이로
그리운 누군가를 애타게 찾는
목소리가 들리는 듯하다

나를 찾는 소린가 싶어
귀를 기울여 보았지만
돌아오는 것은 언제나
마음속 깊이 스며드는
쓸쓸한 공허함뿐

그때는 몰랐다
너의 빈자리가 이렇게까지
다가올 줄은

이제야 알겠다
네가 떠난 뒤
내 가슴이 비어
메우지 못한 채
시리도록 아프다는 것을

그냥 그렇게
견디며 살아질 줄 알았지만
아직 나는
너를 떠나보낼 준비가
되어 있지 않다

너는 어디쯤 있을까
나는 미로속을 헤매다
문득 걸음을 멈춘다

바람이 잠잠해질 때까지
나는 그 자리에 서서
너를 불러본다

먼곳에 있는 너는
내 이름을
나지막이 부르는 듯
귓가에 오래 맴돈다

남겨진 자리

큰 나무 아래
겹겹이 쌓인 낙엽들이
말없이 계절을 말해주고
햇빛에 부서진 호수의 물결만이
조용히 숨을 쉬고 있어

이 자리에
한때는 네가 있었는데
파릇한 새싹이 손을 내밀던 봄
우린 같은 길을 걸으며
아무 말 없이도 함께 웃고 있었지

아기 손처럼 보송하던 잎들은
몇 달 사이 나이를 먹고
바스락거리는 낙엽이 되어
제 갈 곳을 찾아 떠나갔는데
너는

그 계절을 끝내 건너지 못했구나

해마다 다시 돋아나는 새싹처럼
너에게도
나에게도
다시 희망이 찾아왔더라면
얼마나 좋았을까

네가 머물던 자리
네가 바라보던 풍경은
여전히 그대로 남아 있는데
이곳에 없는 건
단 한 사람
너뿐이야

그래서 나는
네가 떠오를 때마다

눈물을 삼킨 채
푸른 하늘을 올려다봐

햇빛에 반짝이는 호수 저편에서
지금도 들려올 것만 같은
너의 목소리에
가만히 귀를 기울여

그리고 조용히
떨리는 숨으로
너에게 말을 건네
잘 지내지

못다 한 마음을
오늘도 이렇게
호수 위에 띄워
너에게 보내

그리움을 두고 간 마음

길고 긴 날을 세며 떠난 길
그리움을 남긴 채 떠난 마음

뿌연 새벽 공기 가르며
눈물로 떠난 길
미련 가득 남긴 채 떠난 마음

잊지 못한 마음은 여기에 두고
지나온 날 중
눈부셨던 순간만
기억하자

그래도 이별의 슬픔 속에서
헤어짐의 아픔을 안은 채
가끔은 꿈으로
나를 초대해 주기를

불안의 그림자

나는 늘 불안한 마음으로 살아가고 있다
사랑하는 아들이 내 곁을 떠난 그날부터
불안과 근심 초조한 걱정들이
끝없이 파도처럼 몰려온다

꽃 화분에 물을 많이 주어도 늦게 주어도
혹시 시들까 마음이 조마조마해지고
옆에서 달리는 차들이
갑자기 내 앞을 가로막을까 불안해진다

길 잃은 고양이가
다시는 찾아오지 않을까
내 마음도 길을 잃은 듯 불안해진다
방 안의 전기 스위치를 내리면
컴컴한 어둠이 나를 짓누를까 두렵다
그 모든 사소한 걱정들은

사실 너를 잃은 날부터 시작된 것임을
나는 안다
불안과 걱정의 그림자가
자꾸만 내 뒤를 밟으며 따라온다

내일의 일을 알 수 없는 건
누구나 마찬가지지만
그 불안 속에 홀로 서 있는 나는
오늘도 살아간다

내 곁에 있던 소중한 아들
너를 떠나보낸 허전함이
조용한 빈자리로 다가왔다

그 빈자리를 안고서
나는 내일을 향해 걸어가야 한다

오늘도 미안해

아침 일찍 너에게 인사를 건네고
너와 함께 걷던 골목길을 지난다

네가 떠난 뒤 처음으로
그 길을 걷지만
심장은 이미 너의 부재를 알아차려
두 눈에 눈물이 고인다

네가 없는 삶은 예전과 달라
장을 보고 음식을 만들어도
네가 좋아하던 음식 앞에선
목이 메어 먹을 수가 없구나

멈춘 시간 속에서 다시 시작하는 길
작은 일조차 내겐 용기가 필요하다
너의 모습이 겹쳐지는 곳마다
발걸음은 저절로 멈춰 서고

뒤를 돌아보는 습관이 생겼다

어쩌다 우리가 이렇게 되었을까
아프게 해서 미안하고
아무것도 해주지 못해 미안하고
제대로 먹이지 못해 미안하다

나 혼자 좋은 것을 보고 듣고
맛있는 것을 먹으며
평화로운 시간을 보내는 하루가
오늘도 너에게 미안하다

되돌릴 수만 있다면
그날의 빛나던 모습을
한 번 더 보고 싶다

남은 건 그리움뿐
내 곁에서 끝없이 머물러 주기를

운명 앞에서

넓은 우주 속

각자의 시간을 살던 수많은 사람 중

하나로

운명처럼 선택된 두 사람

우연히 만나 서로를 알아보았다

우리는 조금씩 녹아들 듯 마음을 합쳐

한 가족이 되었고

인생의 긴 마라톤을 함께 출발했다

같은 곳을 바라보며

웃음으로 하루를 채우던 날도 있었지만

삶은 때때로

지치고 고단하게 다가왔다

그 아픔을 이겨낼 힘은

곁에 있는
사랑하는 가족의 추억뿐이었다

태풍처럼 몰아친 큰 시련 앞
네 고통을 대신할 수 없어
묵묵히 지켜봐야 했던 시간들
무슨 말이 서로에게 위로가 되었을까

왜 우리는 아쉬운 이별을 마주해야 했을까
이 또한 운명이라 해도
나는 끝내 거부하고 싶다

시간은 흘러도 잊히지 않고
오히려 더 선명하게 다가올 뿐

앞으로 남은 시간을

우리는 어떻게 살아가야 하는지
누구에게 물어야 답을 얻을 수 있을까

세상은 여전히 평온히 흐르고
웃음과 발걸음 사이에 섞여 있어도
나는 혼자 남은 듯
너 없는 공간만 선명히 느껴진다

가끔은 네가 낯선 이름으로라도
어딘가에서 살아 숨 쉬고 있기를
오늘도 마음속으로 조용히 바란다

12
11
1
10
2
9
3
8
4
7
6
5
M.J

깨어나지 않은 꿈

오래도록 깨어나지 않은 꿈
가끔 뒤척이다가
멍하니 천장을 바라본다

눈을 뜨면
익숙한 현실이 먼저 다가온다
감고 있던 눈을
다시 감아보지만
하루는 또 어김없이 시작된다

희미한 회색빛
차가운 아침 공기
숨을 한 번 크게 쉬고
기지개를 켜본다

귀엔 아무 소리도 들리지 않고

눈앞은 희미하다
심장은 움직이지 않는 듯
그 자리에 멈춰 있다

그때
내 안의 또 다른 내가
조용히 문을 두드린다

일어나
세상 밖으로 나와

작은 메아리처럼
그 목소리가
내 안을 맴돈다

후회는 늘 늦게 온다

오늘도 너에게로 간다
너의 자리 앞에 서면
너를 다시 만나 반가운데
볼 때마다 마음이 뭉클해진다

다시 만났는데
왜 눈물이 나는지 몰라
내가 더는 해줄 수 있는 게 없어서일까

반가움 사이로
조용히 아픔이 스며든다
그냥 앉아 먼 곳을 바라보다
무너지는 마음을 들키지 않으려
손끝만 만지작거린다

날씨가 더워도 추워도

걱정이 많아진다
행여 네가 거기서 더 아프고
힘들까 봐

네 아픔을
함께 지고 싶었는데

나는 아직도 궁금하다
네가 왜
그곳으로 가야만 했는지
그 이유를

눈앞에 있는 너를 바라보면
애틋한 순간들이 밀물처럼 몰려온다
그 속에서 나는
마음 한켠에 후회를 느낀다

마음이라는 건

늘 늦게서야 후회를 데려오더라

네가 있어야 할 순간에

나는 무엇을 더 해야 했을까

어떤 마음으로 살아갈까

세상 사는 모습은
모두 제각각
다른 옷을 입은 것처럼
저마다의 방식으로 살아간다

근심 없이
걱정 없이
자유로운 마음으로
평화로운 일상을 사는 사람들에게

마음 가는 대로
걸음 가는 대로
어디든 향하며
인생을 즐기는 사람들에게

따뜻한 커피 향을 음미하듯

평화로운 하루하루를
누리는 사람들에게
문득 묻고 싶다

당신은 지금
행복한 마음이 드나요
이렇게 살아가는 인생이
정말 즐거운가요

하지만 세상엔
그 행복을 느낄 수 없는 이들도 있다
혼자서 고통을 견디며 살아가는 사람도 있고
말 없이 아픔을 감당하며 살아가는 사람도 있다

내 마음속에도
아들이 떠난 자리만큼 텅 빈 곳이 있다
세상 속 기운에 눌려

마음이 움츠러들고
낯선 이방인처럼
삶의 바깥을 맴돌며
깨지고 멍든 마음으로
하루를 견디는 날도 있다

행복과 불행이 공존하는 이 세상
기쁨과 슬픔이 나란히 걷는 이 세상
만남과 이별이 섞여 있는 이 세상

이 세상을
어떤 걸음으로 살아가야 할까
남은 시간을
어떤 마음으로 견뎌야 할까

마음이 벽에 닿을 때마다

나는 묻는다

아들아
네가 있었다면
이 순간을 어떻게 살아갈까

나는
아직
그 답을 아직 찾지 못한 채
오늘을 살아간다

나는 슬퍼하지 않는다

푸르던 잎이
연두에서 노란 잎으로 물들어 가도
나는 슬퍼하지 않는다

붉게 물든 단풍잎들이
하나둘씩 떨어져
상처 많은 낙엽이 되어도
나는 슬퍼하지 않는다

처마 끝 작은 새 둥지 안에
덩그러니 깃털만 남게 되더라도
나는 슬퍼하지 않는다

여름 내내 풍성하던 수국이
향기를 다해
다른 옷으로 갈아입고 있더라도

나는 슬퍼하지 않는다

가을을 지나
차디찬 겨울바람이 불어와
아쉬움이 담장 가득 내려앉아도
나는 슬퍼하지 않는다

그런데
그런데도
눈물이 난다

쌀밥과 미역국

네가 처음 세상에 온 날
살포시 붉어진 작은 얼굴로
우렁찬 울음을 터뜨리며
꼭 쥔 두 손과 작은 두 발로
내 품에 포근히 안겼다

그날
기쁨에 떨리는 손으로
처음 받아든 음식
따끈한 쌀밥과
미역국 한 그릇

세월은 흘러
해가 겹겹이 쌓이고
너는 키가 자라고
마음이 깊어져

서른네 살의 청년이 되었다

그 시간을 지나
어느새 오늘에 이르러
나는 다시
윤기 흐르는 쌀밥을 짓고
뽀얀 미역국을 끓인다

이 한 숟가락이
너에게 힘이 되기를
아주 작은 희망을
조심스레 품으며

어쩌면 이것이
너에게 차려주는
마지막 생일상일지도 모른다는

생각이 스쳐 가슴이
저리고 먹먹해졌다

차려놓은 음식 앞에서
아픈 몸은 끝내 버텨주지 못하고
너는 몇 숟갈도
다 넘기지 못했다

내년엔
더 맛있는 걸 해줄게
울음 섞인 내 말에
너는
아무 말 없이
조용히 웃어주었다

너는 눈물 섞인 밥 몇 알을 삼키고

나는 너를 위해 눈물을 삼켰다
앞으로
너의 생일이 올 때마다
나는 여전히
밥을 짓고
국을 끓이고 있을 텐데

먹어줄 사람 없는
미역국이 식어갈 때까지
숟가락을 들지 못한 채
나는 그 자리에 앉아 있겠지

너의 이름을
마음으로만 부르며

무기력한 밤

무기력이
수시로 나를 찾아온다

손끝에서 발끝까지 힘이 빠지고
물에 빠진 솜처럼
몸이 천근만근
한없이 가라앉는다

내 몸의 주인이 따로 있는 듯
마음대로 움직여지지 않는다

헤어 나오려 애쓸수록
더욱 깊은 나락으로
미끄러지는 기분

어두컴컴한 빈방 속에

나를 가둬놓고
문을 잠가버렸다

그 방 안엔
숨 쉴 틈도
빛 한 줄기도 없다

이 모든 게
네가 없는 세상에서
나 혼자 살아가야 한다는
그 사실 때문이겠지

오늘도
쉽게 잠들지 못한 채
긴 밤을 지나가야 할 것 같다

혼자서 괜찮을까

무슨 생각을 하고 있는지
어떤 시간을 건너고 있는지
불러 보아도
이제는 아무 대답이 없구나

지금 어디쯤 가고 있니
세상이 너무 벅차고 바빠서
미처 함께하지 못한 일들이
아직도 가슴 한켠에 머물러 있어

이제는 아픔 없는 곳에서
네가 아끼던 것들
편안한 마음으로 천천히 누리길 바래

가 보고 싶어 하던
여행도 떠나고

관심 있던 영화도 한 편씩 보고
입에 맞는 음식과 달콤한 디저트도
느긋하게 즐기며
그곳에서 바람처럼 자유롭고
햇살처럼 따뜻하게 머물기를

그런데
혼자서 괜찮을까
낯설고 외롭지는 않을까

네 손을 잡고
함께 걸어줄 수 없어서
참 많이 미안해
마음 깊이 미안하구나

너도 몰랐지, 나도 몰랐어

너도 몰랐지
네가 이렇게 빨리 떠날 줄은
아직 하고 싶은 일도
다 하지 못했는데

나도 몰랐어
네가 그렇게 서둘러 갈 줄은
전하고 싶은 말들도
다 남기지 못했는데

너는 몰랐지
내가 얼마나 너를 그리워하며
텅 빈 하루들을 살아 내고 있는지
눈물마저 들키지 않으려
조용히 고개를 떨궜던 날들을

나도 몰랐어

그리운 그 시간이

다시는 다시는

돌아오지 않는다는 걸

바람이 분다

바람이 분다
한여름 뙤약볕에
지쳐갈 즈음
어디선가 불어오는 시원한 바람이
조용히 나를 감싼다

아무 말 없이 곁이 되어주고 싶어서
바람은 내게로 와
친구가 되어주고

아물지 않은 마음을 안아주고 싶어서
바람은 내게로 와
그리움을 전해준다

해 질 녘
노을이 살며시 고개 들어

내 마음을 비출 때면
붉게 물든 심장이
조용히 뛴다

하늘 저편 어딘가에 있는 너에게
한 자락 소식을 전하고 싶어서
타들어 가는 마음을
억누를 수 없어서

보고 싶다는 말을 꺼내고 싶어서
눈물 나는 그리움을 삼키고 서 있다

가슴을 헤집는 이 아픔을
넌 알고 있니

살며시 다가와

내 손을 잡아 주어도 좋고

기쁜 마음으로 달려와

내게 안겨도 좋아

난

너 하나면 되니까

너를 기억하는 동안

Part 4

조금만 울어요

나를 보내고
슬퍼진다 해도
조금만 울어요

나를 떠올리고
생각이 난다 해도
조금만 울어요

나를 그리워하고
보고 싶어진다 해도
조금만 울어요

나는 괜찮아요
나는 잘 지내고 있어요

행복하게 잘 살다 보면

언젠가 아주 나중에
그때 나를 만나러 오면 돼요

그러니
조금만 울어요
그 눈물 너무 오래 흘리지 말아요

이치대로라면

흐드러지게 피어난 꽃 화분 속에
떡잎 하나 솟아올라
가위로 조심스레 잘라냈다

자른 자리엔
하얀 진액이 맺혀
상처를 달래듯 치료를 한다

같은 흙 같은 빛 아래
어떤 건 떡잎이 되어
조용히 숨을 고르고

어떤 줄기에서는
앙증맞은 꽃봉오리가
고개를 내민다

인생에도 시작과 끝이 있고
우리 곁에도
슬픔과 기쁨이 엇갈려 온다

이 땅의 모든 것들이
이치에 맞게
차례로 오고 가는 순서대로
흘러가면 좋으련만

애닳아 하지 마라

사는 것이 힘들다고
너무 애닳아 하지 마라

인생은
그날의 어디쯤 머물러
슬픔도 나누고
추억도 나누는
시간인 것을

사는 것이 고달프다고
너무 애닳아 하지 마라

헤어짐의 시간 또한
인생의 한 페이지인 것을

우리의 시간은

잊히지 않아도 괜찮고
지우지 않아도 괜찮다

그렇게 너를 떠나보낸 지 100일

한 방울 또 한 방울
빗방울이 모여
어느새 큰 강물이 되듯

한 시간이 쌓여
하루가 되고
그 하루가 이틀이 되어
어느덧 한 달이 지나갔다

매일 너를 잊지 못해
가슴을 꼭 부여잡고
숨죽이며 흘린 눈물은
말없이 베개를 적신다

차가운 바람처럼
스며드는 이 마음의 허전함

무엇으로 달래야 할까

아쉬움은 조용히 가슴에 묻고
그리움은 놓지 못한 채
오늘도 그렇게 살아간다

그냥 그렇게
말없이 흘러
너를 떠나보낸 지
벌써 100일이 되었다

출장

내가 어디를 가든지
기억해 주세요
난 조금 멀리 출장을 떠났어요

내가 멀리 떠나있어도
잊지 말아 주세요
이번엔
조금 긴 여행을 떠난 거예요

나를 자주 떠올려 주세요
조금 먼 곳이라
오래 걸릴지도 몰라요

내가 늦더라도
조금만 기다려 주세요
나는 그곳에서 기다릴게요

슬픈 눈으로 나를 바라보지 말아요
그럼 내 마음이 아파져요

눈물을 흘리지 말아요
그럼 내가 더 슬퍼져요

보고 싶어도
조금만 참고 견뎌줘요
나는
그곳에서 바라보고 있을게요

누가 기억해 줄까

세상은 여전히
쉼 없이 돌아가고

하늘과 땅
온 세상 만물은
아무 일 없다는 듯 살아가고 있다

사랑하는 아들이
멀고 먼 곳으로
여행을 떠난 지금도

세상은 변함없이 흐르고
꽃은 피고 지고
바람은 불고 멎는다

마치 네 존재가

처음부터 없었던 것처럼
세상은 너무나 무심하게 흘러간다

너와의 추억은 나 홀로 간직하고
슬픔은 나 홀로 느끼며
기억 속을 나 홀로 거닌다

나는 지그시 눈을 감고
너를 떠올리며
조용히 너의 흔적을 따라가고
속삭이듯 네 이름을 불러 보며
그리움 속에 너를 품는다

문득 생각한다
머나먼 훗날
내가 사라진 뒤에는

과연 누가 너를 기억해 줄까

누가 우리의 이야기를

너의 작은 흔적들을

기억해 줄까

엄마의 기도

문득 한 사람이 태어나
주어진 운명의 시간을 살고
마침내 생을 마감하는 일은
누가 정해놓은 것일까

네가 잠들어 있는 이곳에 오니
오늘도 천국으로 떠나는
한 사람을 배웅하러
많은 사람이 모여 있구나

사랑하는 가족과 친구들을
뒤로한 채 떠나야만 하는 한 사람
그에게도 행복했던 순간이 있었을 테고
때로는 버거운 삶에 지쳐
조용히 쉴 곳이 필요했겠지

엄마 손을 놓고 가야 했던
그 마지막 순간의 마음은
얼마나 아프고 외로웠을까

눈보라 몰아치는
추운 겨울이 가고
새싹이 움트는 봄이 오면
그때는 조금 알 수 있을까

내가 너의 손을 놓쳤던 그 날
붙잡을 수 없는 현실 앞에서
말할 수 없는 슬픔에
모든 것이 무너져 내렸단다

그립고 보고 싶은 아들아
천국에서는 지난날의 아픔을

모두 잊어버려도 괜찮아

기억하려 애쓰지 않아도 괜찮아

엄마는 너의 모든 것을

끝까지 기억할 테니까

오늘도 네 앞에서

조용히 기도를 올린다

부끄럽지 않게 살다

언젠가 너를 만나게 해달라고

혼자 부르는 이름

아무도 없는 깊은 계곡 속에
흐르는 물소리만
크게 들린다

매일 밀려오는 그리움 속에서
고독은 더 또렷해지고

스쳐 지나가는 얼굴
한 장씩 꺼내
가슴에 안는다

한 걸음 내디딜 때마다
너는 두 걸음 멀어져 가고
큰 소리로 불러도
메아리만 울린다

오늘도 혼자 부르는 그 이름에

사랑 하나 묻어 두고

발길을 돌린다

회상

어슴푸레한 새벽 아침
차디찬 공기를 가르며
새해 첫 새벽기도를 다녀온 날

집에 돌아와
방문을 열었을 때
온돌 침대를 보는 순간
나도 모르게 눈물이 났다

지난해에는
새벽기도를 다녀올 때마다
늘 콘센트에 빨간 불이 켜져
있었는데

새벽에 나갔다 돌아오는 엄마가
몸살이라도 날까 봐

아픈 몸으로
들어오는 시간에 맞추어
조용히 침대를 데워두던 너

그렇게 너는
말없이 마음을 먼저 내어주는 아들이었다.

엄마를 생각하는 그 마음이
온돌보다 더 따뜻해서
나는 그 겨울에도
춥다는 생각을 하지 않았다

어쩌면 지금까지도
그때의 온기로
네가 없는 시간을
견뎌내고 있는지도 모르겠다

십 년이 지나도
이십 년이 지나도
나는 그 따뜻함을 기억하며
살아가겠지

오늘도 많이 그립다
내 아들

너와 보낸 하루

어제는 너를 만나
조용히 이야기를 나누고
따뜻한 차를 함께 마셨어

눈을 감으니 너는
살며시 미소를 띠고
나를 바라보며 고개를 끄덕여 주었지
흘러나오는 노래 속에서
눈빛만으로 마음을 전했지

오늘은 너의 손을
살며시 잡아보았어
햇살 가득한 길을
너와 함께 걷는 듯했지

그 길 위에서

너와 함께 천천히
시간을 걸었어

그렇게
상상 속 너와 보낸 하루가
고요히 내 마음을 감싸며
따뜻한 위로가 되어주었지

오늘도 괜찮다고 말한다

사는 게 어떠냐고 누가 물으면
나는 조용히 괜찮다고 말한다

오늘 하루는 어땠냐고
누군가 물으면
잠시 숨을 고르고
겨우 내 마음을 달래며
괜찮았다고 말한다

사람들은 다들 다른 말로 묻지만
나는 늘 같은 말로 대답한다

속으로는 작은 파도가 마음 안에서
일렁이고
말하지 못한 말들이
머릿속을 맴돌지만

잠시 숨을 고르며
그 잔잔함을
새로운 그릇에 담아내듯
조용히 내 마음을 다독인다

정작 괜찮은 날은 없었지만
그저 괜찮아지고
싶은 마음으로

오늘도
괜찮다고 말한다

부치지 못하는 편지

하루에도 몇 번씩
나는 너를 떠올리며 편지를 쓴다
마음속에는 전하지 못한 말들이
파도처럼 밀려오지만

막상 하얀 종이를 마주하면
너의 이름 세 글자만이
가만히 번져 나온다

손길이 닿지 않는 먼 곳에 있는 너에게
마음이라도 건네고 싶지만
그 깊이를
나조차 다 헤아릴 수 없다

받기만 했던 기억들이
가슴을 두드리면
미안함이 고요히 스며든다

너의 사진을 바라보면
들릴 듯 들리지 않는 목소리로
나를 감싸주던 말들이
여전히 내 곁에 머문다

비어 있는 너의 자리를
하루 또 하루 헤아리다 보면
어느새 또 살아가고 있는 나를 본다

오늘도 조용히 마음을 추스르며
하루를 걸어본다

눈물로 적어 내려간 편지는
하고 싶은 말을 다 담지 못한 채
작은 얼룩으로 남아버리지만
그 편지가 닿지 못하더라도

나는 오늘도

너에게

부치지 못하는

편지를 쓰고 있다

REMY MART
XO SPECIAL
GAD
VCDS
1

나의 숨

나는 때때로
내 감정의 기억을 놓친다

양어깨에 무거운 짐을 둘러멘 채
보이지 않는 무게를 견디기 힘들어
손을 놓고 싶었던 순간도 많았다

그저 그런 이유로
하나부터 열까지
끝없이 챙겨야 했던 무수한 일들

사람 사는 일은 모두 제각각이라
무엇이 먼저인지 알 수 없고
같은 곳을 봐도 다른 생각이 들며
같은 그림도 서로 다른 모습을 그려낸다

나는 현실 속
내가 지나온 발자국을
하나씩 하나씩 지워버리고 싶다

아무도 나를 기억하지 않기를
그저 잊어 주기를
오늘만큼은 바라며

내 삶의 무게에서 벗어나
새털처럼 가볍게
오늘은
그저
숨을 쉬고 싶을 뿐

다시 돌아온 봄

산 중턱에는
비가 지난 자리마다
파릇한 초록이 번지고

길가에는 유채꽃이
저마다 자리를 잡고
조용히 손을 흔든다

어느새
봄이 다시 와 있다

너의 방 창가에는
작은 새들이 찾아와
아침이면
조용한 노래가 들려온다

너도 듣고 있을까

내가 느끼는 바람

내가 맡는 향기

내가 보는 자연의 빛깔을

너와 함께 누렸으면

끝나지 않은 밤

두 눈을 꼭 감고
잠을 청한다

아무 생각 없이
누워보려 하지만
생각이라는 것이
매일 밤 나를 붙잡고
놓지 않는다

얇은 눈꺼풀 사이로
오색의 빛들이 흩어지고
마음의 도시들이
하나둘
불을 켜기 시작한다

오늘 밤은

내 안에서
어둠을 밝히려는 모양이다

나는 이곳에서
전쟁 아닌 전쟁을
치러야 할 것 같다

이기기 위한 전쟁이어야 하는데
매번
고개를 숙인 채
돌아온다

양 한 마리, 양 두 마리
숫자를 세며
밤새 사투를 벌여 보지만
남는 것은

오늘도
상처뿐

이렇게 또
하루를 시작한다
끝나지 않은 밤을 안고

마지막 예배

예전과 다르지 않은 일요일 아침
너는 깨끗이 세안을 마치고
앉아 있기조차 힘든 몸을 곧추세워
예배드릴 준비를 했다

지난밤 통증으로 초췌한 얼굴이지만
찬양이 흘러나오자
너는 힘겹게 팔을 들어 올린 채
지그시 눈을 감았다

힘없이 감긴 눈이었지만
그 눈은 태양보다 밝게
빛나고 있을 것만 같았다

말할 힘조차 없는 너를 일으켜 세우시는
하나님의 손길을

나는 조용히 곁에서
그 시간을 지켜보았다

가눌 수 없는 무거운 머리를 내게 기대고
내 손을 끌어당겨
두 손을 포개어 기도를 드리던 너
그 모습에서 나는 한 번도 경험하지 못한
경이로움을 느꼈다

그 순간 마음 깊이 깨달았다
'아 오늘 너는 하나님을 만나고 있구나'
너는 그때
어떤 기도와 간구를 올리고 있었을까

그날 드린 그 예배가
너와 나의 특별하고 거룩한

마지막 예배가 될 줄은
아무도 몰랐다

영원히 내 마음에 남을
하나의 기적 같은 예배

이제는 주님의 품에 안긴 원영이
너와 함께 드린 그 마지막 예배를 기억하며
오늘도 네가 다하지 못한 기도를
이곳에서 엄마가 조용히 이어 올린다

순간, 나는 분명히 느꼈습니다.
하나님의 손길이 원영이를 일으켜
세우고 있다는 것을.

내 손을 꼭 잡고 두 손을 포개어 드리던
원영이의 기도는
나의 인생에서 가장
경이롭고 거룩한 순간이었습니다.

발걸음

매주 꽃을 안고
너의 비석 앞에 선다

늦은 오후
조용히 스치는 산들바람 속에서

너의 이름을 부르며
조심스레 꽃을 놓는다

일주일 동안 만나지 못한 너를 생각하며
내 마음은 설렘과 그리움으로 가득 차고
비석을 닦으며
너의 얼굴을 떠올린다

네가 즐겨듣던 음악이 잔잔히 흐르면
"엄마가 왔구나"

네 마음이 먼저 반기고
살며시 웃는 얼굴이
내 마음을 스쳐 지나간다

하늘의 별이 된 아들

우리 아들은
세상 욕심 내려놓고
겸손히 떠난 아들
의젓하고 초연하여
원망 대신 담대한 믿음으로
끝까지 기도하던 아들이었다

길 잃은 영혼들을 위해
언제나 베풀고 나누며 살던 너
긍정적인 마음으로 살아가는 힘을 주고
사랑을 알게 해준 아들
하나님 뜻에 순종하며 사는 법을
몸소 가르쳐 준 아들이었다

너의 마지막 모습이 생각난다
육체는 가녀리게 변해 갔어도

다시 일어설 것이라는 굳센 믿음으로
끝까지 기도하며
하루하루를 살아 내던 너

두 눈을 꼭 감고 두 손을 모아
찬양과 감사의 기도를 드리던 너
걷기도 힘든 몸을 이끌고
마지막까지
엄마의 웃음을 보고 싶다며
손을 흔들어 인사하던 너

사실은
밤사이 인사도 못 하고 떠날까 봐
한 번 더 보러 왔다던 너의 말
그 마음이 고마워
꼭 안아주었던 순간이

아직도 생생하다

며칠 뒤
네가 떠나는 모습을 내가 보지 못하면
평생 마음이 아플까 봐

아침에 인사하고 정한 시간에 맞추어
햇빛 밝은 낮
마중 나온 천사의 손을 잡고
아빠 품에 안겨
평온한 얼굴로 천국으로 떠나갔지

너를 떠올리면
가슴 아픈 기억이 먼저 떠오르지만
너는 언제나 나를 지탱하는
삶의 희망이었다는 것을 깨닫는다

무엇이 그리 급했는지 모르지만
하늘에서도 네가 꼭 필요하셔서
더 귀하게 쓰시려는 뜻이라
나는 그렇게 믿는다

분명한 것은
너는 나에게 최고의 아들이었다는 것

네가 없는 허전함과 그리움을
나는 안고서 살아가려 한다

짧았지만 소중했던 시간
짧았지만 빛나던 추억
비록 이 땅에서의 인연은 짧았어도
나는 너의 엄마여서
참으로 행복했다

오늘도 나는 하늘을 올려다 본다
수많은 별 중 가장 빛나는
별이 된 아들을 바라보며

나는 여전히
너의 엄마로
여기에 서 있다

믿음으로 함께 한 시간

믿음으로 함께 한 시간

믿음으로 함께 한 시간

하늘의 별이 된 원영이를 기억하며

2023년 6월부터 우리 가족의 일상은 완전히 달라졌습니다. 그 시작은 원영이가 기침을 하며 "가슴이 조금 아프다"고 해서 가벼운 마음으로 건강검진을 받았습니다. 누구도 그날의 검사가 우리 삶을 송두리째 뒤흔들 줄은 몰랐습니다.

처음 '암'이라는 진단을 받은 날, 원영이는 머뭇거리며 일하는 제 곁으로 다가와 한참을 말없이 바라보다가 조용히 이렇게 말했습니다.

"엄마, 나 암이래."

그 말을 듣는 순간, 세상이 멈춘 것만 같았습니다. 가슴을 치는 절망감에 저는 하염없이 눈물만 흘리며 말했습니다.

"왜 내가 아니고 너야. 엄마는 그래도 너보다 살 만큼 살았는데."

그때 원영이는 붉어진 눈으로 오히려 이렇게 말했습니다.

"난 엄마가 아니고 내가 암이라서 다행이라고 생각해."

지금 가만히 생각해 보아도, 어느 누가 이런 말을 할 수 있었까요. 애써 태연한 척 미소를 지어 보이는 그 모습이 제 눈에는 무척이나 가엾고 슬퍼 보였습니다. 나는 원영이를 꼭 안아주며 말했습니다.

"괜찮아. 다 잘 될 거야. 우린 이겨낼 수 있어. 힘내자."

엄마로서 이 말밖에 해 줄 수 없다는 것이 정말 마음 아팠습니다.

상상도 못 했던 일들 앞에서 우리 가족이 헤쳐 나가야 할 무거운 고통의 짐을 어떻게 이겨내야 할지 너무나 무섭고 두려웠습니다. 암이라는 무서운 병의 진단 앞에서도 원영이는 담담했습니다. 늘 자신보다 엄마를 먼저 생각하며, 어떻게든 저를 위로하고 안심시키려 했습니다.

그 마음을 알기에 제 가슴은 찢어질 듯 아팠습니다. 대장암에서 시작된 암은 폐와 간으로 전이되었고, 결국 4기 말기 암이라는 진단을 젊은 32살의 나이에 받게 되었습니다.

믿음으로 버틴 하루하루

원영이와 함께한 기적의 여정

2023년 6월 23일, 항암치료를 처음 시작하였지만 복용하는 약마다 늘 새로운 부작용이 나타났습니다. 우리는 매일 긴장 속에서 하루하루를 견뎌야만 했습니다. 항암의 횟수가 늘어 갈 때마다 통증과 가려움, 구토와 고열로 밤마다 눈물로 잠을 설치는 날이 많았습니다. 응급실로 달려가는 날도 잦았습니다. 1년 10개월의 투병 끝에, 젊은 32살의 몸은 병마에 점점 지쳐갔습니다.

그렇게 힘겹게 하루하루를 버티는 원영이를 붙잡고 우리는 매일 가정예배를 드렸습니다. 하나님께 살려 달라 울며 기도하고, 매달리며 또 기도했습니다. 그럼에도 다행인 것은, 하나님께서 우리 원영이에게 밝고 긍정적인 마음을 주셨다는 것입니다. 끝까지 포기하지 않고 주님을 부르짖으며 기적을 바라보게 하셨습니다.

그 믿음이 있었기에 원영이는 힘든 하루하루를 이겨낼 수 있었습니다. 하나님께서는 수많은 기적을 행하셨습니다. 앉은뱅이를 일으켜 세우시고, 죽은 나사로를 다시 살리신 그 하나님께서 우리 원영이에게도 같은 기적을 베풀어 주실 것이라 믿었습니다. 그 믿음으로 나는 꿈속에서도 간절히 기도했습니다. 특히 원영이가 드리는 기도를 들을 때면, 제게는 너무나 맑고 순수하여 마치 사랑스러운 어린양을 보는 듯했습니다.

2024년 12월 9일, 23차 항암을 마친 후 원영이는 조용히 저희에게 말했습니다.

"엄마, 이제 항암은 그만하고 싶어요."

제 마음속에서는 '얼마나 힘들면 이런 말을 할까' 하는 아픔이 밀려왔습니다. 치료를 포기하지 않게 해 달라고 간절히 기도했지만, 제 기도가 부족했던 탓만 같았습니다. 받아들이기 힘든 결정이었지만 우리는 아들의 의지를 존중하기로 했습니다.

그리고 나서 원영이가 늘 가고 싶어 했던 한국 여행을 계획했습니다.

"시민권 받은 이후 여권에 한 번도 도장을 못 찍었어."

그동안 생각만 하고 있었던 한국행 티켓을 끊던 날, 얼마나 들뜬 마음으로 행복하게 웃던지요. 지금도 그 모습이 눈에 선하여 눈물이 납니다.

그러나 결국 몸의 건강이 점점 악화되어 여행은 미뤄야 했습니다. 그 무렵 의사 선생님은 원영이에게 더 이상 해 줄 수 있는 것이 없다고 조심스럽게 말씀하셨습니다. 순간 우리 가족은 충격적인 소식에 할 말을 잃고 서로 아무 말도 할 수 없었습니다. 그때 원영이는 제 손을 꼭 잡고 말했습니다.

"엄마, 난 괜찮아. 이미 각오하고 있었잖아."

현실을 받아들이며 체념한 듯 내뱉은 말이었지만, 그 담담한 속에는 얼마나 많은 슬픔과 외로움과 두려움이 숨어 있었을까요. 하루하루 수척해져 가는 아들은 그럼에도 여전히 엄마를 위로했습니다.

그 후 원영이는 남은 시간이 얼마 남지 않았음을 느끼며 조금씩 정리하기 시작했습니다. 친구들에게 "내가 시간이 얼마 남지 않았다."는 메시지를 보냈습니다.

많은 친구가 소식을 듣고 찾아와 함께 울고 웃으며 추억을 나누었습니다. 그 자리에서 원영이는 오히려 친구들을 위로하며 이렇게 말했습니다.

"나는 천국의 소망이 있어서 두렵지 않아.

사랑하는 가족이 있고, 구원의 확신이 있고, 좋은 친구들이 있어서 외롭지 않아.

나의 34년 인생, 짧지만 주님의 은혜로 소중하게 마무리할 수 있음에 감사해."

원영이가 남기는 한마디 한마디를 들을 때마다 저는 숙연해졌습니다.

원영이의 마지막 생일

2025년 3월 28일, 원영이의 마지막 생일이었습니다. 온종일 겨우 물만 몇 모금 넘기던 아들을 위해 저는 미역국과 흰쌀밥을 만들었습니다. 어쩌면 마지막이 될지 모르는 생일이었기에, 따뜻한 밥 한 끼 먹이고 싶은 엄마의 간절한 마음이었습니다. 감사하게도 원영이는 쌀밥 반 숟가락과 국물 반 숟가락을 먹어주었습니다.

“맛있네, 고마워요.”라고 인사를 건넸습니다. 저는 간신히 목이 멘 목소리로 말했습니다.

“내년 생일에는 엄마가 더 맛있는 음식을 많이 만들어 줄 게.” 그러나 원영이는 말없이 저를 바라보며 엷은 미소로 답을 대신했습니다.

그날 오후, 심방 오신 목사님들과 집사님들 앞에서 원영이는 이렇게 고백했습니다.

“구원의 확신으로 침례를 받고 천국 문에 첫 도장을 받았으니, 주님 앞에 담대히 나아갑니다.”

그리고 나중에 이 말을 자신의 묘비에 새겨 달라고 부탁했습니다. 보고 있어도, 듣고 있어도 믿기지 못할 상황 속에서 아들의 굳건한 믿음의 고백은 저를 무척 부끄럽게 했습니다.

그날 이후 우리는 슬픈 마음을 억누르며, 원영이가 천국행 티켓을 받은 것이라고 믿고 담담히 받아들이기로 노력했습니다. 가끔 통증이 사라지고 정신이 맑아질 때마다 원영이는 우리를 안심시키듯 말했습니다.

“엄마, 나 멀리 출장 갔다고 생각해 줘. 나중에 엄마 아빠는 이 세상에서 잘 살다가 천국에서 다시 만나면 돼요.”

“나를 돌봐주셔서 고마워요, 엄마. 내가 건강했더라면 나중에 엄마를 보살펴 드렸을 텐데, 고생시켜서 미안해요. 나를 잘 보내 줄 수 있죠? 엄마는 강한 사람이니까.”

그 말들은 마치 엄마의 마음이 무너지지 않도록 스스로 끊임없이 안심의 말을 건네는 것 같았습니다. 동생 현영이에게도 두 손을 꼭 잡고 말했습니다.

“장자 역할을 너에게 맡겨서 미안해. 나 대신 엄마 아빠 잘 부탁해.”

마지막까지도 남겨진 가족들을 걱정하고 배려하며 사랑을 베풀고 간 우리 아들 원영이는 제게 너무나 소중하고 가슴에 사무치도록 그리운 아들입니다.

그렇게 우리 원영이는 2025년 4월 5일 낮 12시 13분, 34년 7일을 살다가 조용히 하늘의 별이 되어 우리 곁을 떠나갔습니다. 원영이의 천국 환송 예배에는 예배당이 가득 찰 만큼 많은 사람이 모였습니다. 사랑과 감사의 마음으로 떠나는 아들을 배웅해 주셨습니다.

그동안 보여주었던 원영이의 믿음의 고백과 간증은 주님을 믿지 않는 사람들에게도, 또래 청년들에게도 깊은 감동과 도전이 되었습니다. 비록 이 땅에서의 삶은 짧았지만, 원영이의 믿음과 사랑은 한 알의 밀알처럼 많은 사람의 마음속에 살아 있으리라 믿습니다. 아픔과 고통이 없는 천국에서 평안히 쉬기를 기도하며, 저희는 언젠가 다시 만나는 그날까지 원영이를 영원히 기억하며 살아가겠습니다.

짧은 생을 끝까지 믿음으로 감당하며 사랑을 베풀고 배려했던 우리 아들, 엄마인 저는 참 자랑스럽습니다. 무엇보다 34년 동안 원영이 엄마로 살 수 있었음에 깊이 감사하며 행복했습니다. 이 글을 쓰며 아들과 함께 한 모든 시간이 떠올라 가슴 깊은 슬픔이 밀려옵니다.

그러나 그 슬픔 속에서도 하나님께서 주신 은혜와 위로를 붙들며, 원영이를 기억하고 감사하는 마음으로 살아가겠습니다. 사랑하는 아들 원영이를 위해 눈물로 함께 기도해 주시고, 끝까지 사랑으로 돌보아 주신 모든 분께 진심으로 감사드립니다.

기억 속의 시간 나의 하루

초판 발행	2026년 4월 5일

지은이	신미자
펴낸이	노용제
펴낸곳	정은출판
편집기획	김상희

등록	2004년 10월 27일 제2-4053호
주소	04558 서울시 중구 창경궁로 1길 29 (3층)
전화	02-2272-9280, 8807
팩스	02-2277-1350
이메일	rossjw@hanmail.net
홈페이지	www.je-books.com

ISBN 978-89-5824-532-2 (03810)

값 18,000원

* 잘못된 책은 교환해 드립니다.
* 양측의 서면 동의 없는 무단 전재 및 복제를 금합니다.